おめでとう

小池昌代
［編著］

新潮社

おめでとう／もくじ

※各詩の末尾に掲げた鑑賞解説は編著者の、詩人略歴は編集部の執筆です。
※表記は、最も新しい刊行を参照して新かなづかいに改めた作品もあるほか、適宜、ルビを加えました。

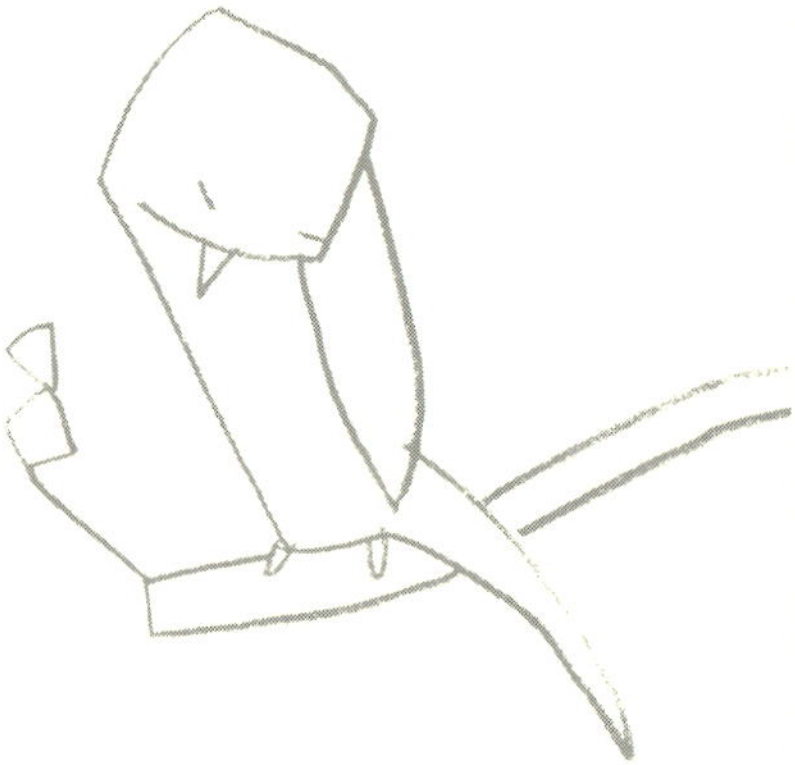

おめでとう

よろこびという名のおさなご

ブレイク

「わたしに　名は無い
生まれて　たった二日だもの」
なんとおまえを　わたしは呼ぼう？
「わたしは　しあわせ
よろこびが　わたしの名」
たのしい喜びよ　おまえの上にあれ！

いとしいよろこび！
たのしい喜び　生まれてたった二日の
たのしいよろこびと　わたしはおまえを呼ぶ
おまえは　にこにこ笑う
そのあいだ　わたしは歌う
たのしい喜びよ　おまえの上にあれ！

（寿岳文章・訳）

現在、『無垢と経験の歌』などと訳されている詩集は、「無垢の歌」と「経験の歌」から構成され、掲出の詩は前者に収録。ちなみに、後者には、「かなしみという名のおさなご」という双子のような詩も載っている。幻視者・ブレイクを特徴づけるのは、詩が、彼の手による、彩色を施されたエッチングのなかに書かれていること。言語と絵画が融合した独特の世界は、視る者の頭の内壁に、強い光のようなイメージを放射する。わたしたちは、かつて皆、名前を持たない喜びという名の赤ん坊だった。この詩を読むと、経験によって曇らされた「無垢」が、閃光のように出現する。眼が痛くなるような眩しい詩だ。

ウィリアム・ブレイク William Blake　一七五七〜一八二七
イギリスの画家・詩人。銅版画家として新しいレリーフ・エッチングの技法を開発。詩と絵を合体させた「イラスト詩集」を自らの手で制作した。代表作『ミルトン』の冒頭詩は、二〇世紀初頭に曲が付けられ、聖歌《エルサレム》となって、現在でも第二のイギリス国歌として愛唱されている。
【原詩初出】Songs of Innocence and of Experience（一七九四）※邦題は『無垢と経験の歌』など数種あり。
【邦訳出典】『無心の歌、有心の歌』ブレイク／寿岳文章訳（一九九九、角川文庫）

発光

吉原幸子

〈傷口は光る——新技術事業団が解明〉
そんな見出しが　こともなげに
二段抜きの小さな記事につけられてゐる
〈五日後、一秒間に三十個の光子を検出……〉
肉眼には見えないが　光るのだといふ

あのなまぬるい赤い液体にばかり気をとられてゐたが

さうか　傷口は光るのか！

六ミリ四方の皮膚を切りとられたハツカネズミの
聖なる背中が　わたしの中で増殖する

実験用ウサギのつぶされた目も
あの女《ひと》の法衣の下の乳癌の手術あとも
〝車椅子の母〟の帝王切開も
聖《サン》セバスチャンの脇腹も　折れた象牙も
今もアラブで行はれるといふ女子割礼の傷口も
シーラカンスの傷もシイラの傷もシマリスの怪我も

ホタルのやうに　夜光虫のやうに
ヘッドライトに浮かぶ野良ネコの瞳《め》の燐のやうに
この地球《ほし》のなつかしい闇にただよって

あんなにキリキリと痛んだわたしたちの生《いのち》も
ほら　やっと静かにまたたいてゐるよ
あそこに
ハツカネズミのとなりに

生きていく過程で、人は心身に無数の傷を負う。治る傷もあれば治らない傷も。心に負った傷などは、「忘れる」ということがあっても、「治る」などということはないのかもしれない。宇宙のなかに、等価に散らばっている、あらゆるいきものの「光る傷」。その峻烈なイメージは、わたしたちの開いたままの傷口を、「詩の方法」で治療する。命とは、それ自体が宇宙の裂け目であり、傷口であるともいえる。ここにわたしがいるよ(いたよ)、というように傷が光る。これが「祝福」でなくてなんだろう。

吉原幸子(よしはら・さちこ) 一九三二〜二〇〇二
東京に生まれ、東京大学仏文科卒業後、劇団四季に入団。女優として舞台に立つがすぐに退団。詩人として活動を開始。詩の朗読とジャズや舞踏とのコラボレーションなど、多彩な活躍で知られた。代表作に『幼年連禱』『オンディーヌ』『昼顔』など。本作が収録された『発光』は、病床にあった著者にかわり、新川和江によってまとめられた最後の詩集で、萩原朔太郎賞を受賞した。
【初出】『発光』(一九九五、思潮社)

荒磯

高見順

ほの暗い暁の
目ざめはおれに
おれの誕生を思わせる
祝福されない誕生を

喜ばれない
迎えられない

私生子の
ひっそりとした誕生

死ぬときも
ひとしくひっそりと
この世を去ろう
妻ひとりに静かにみとられて

だがしーんとしたそのとき
海が岸に身を打ちつけて
くだける波で

おれの死を悲しんでくれるだろう

おれは荒磯《ありそ》の生れなのだ
おれが生れた冬の朝
黒い日本海ははげしく荒れていたのだ
怒濤に雪が横なぐりに吹きつけていたのだ

おれが死ぬときもきっと
どどんどどんととどろく波音が
おれの誕生のときと同じように
おれの枕もとを訪れてくれるのだ

高見順は、若い頃に書いていた詩をいったんは捨て、小説を書きだしたのだったが、中年期になってまた詩を書き始めた。「三十五歳の詩人」という作品のなかで、「詩が失われたという いまになって／詩を書きたく私はなった」と書いている。日本海を望む福井県(旧)坂井郡三国町の生まれ。一歳のときに母と上京しているから、実際は波音を覚えているわけではないだろう。それは彼が心の空漠をうめるため、自ら創出した音だったのかもしれない。いま、死を間近にした詩人の胸に、あの荒々しい波音が蘇ってきた。失われた故郷から聞こえてくるその音は、死の床で、子守唄のように魂をあやしただろう。読む者の肉体にも響いてくる。どどん、どどん。生きよ、生きよ、と胸を叩く。

高見順(たかみ・じゅん) 一九〇七〜六五

福井県に県知事の私生児として生れる。東京帝国大学英文学科卒業後、会社勤務のかたわらプロレタリア文学に携わる。治安維持法違反容疑で逮捕後、「転向」を表明し、『如何なる星の下に』や『いやな感じ』など多くの小説や詩を発表。晩年は食道がんとの壮絶な闘病がつづき、その思いを『わが埋葬』『死の淵より』などの詩集で綴った。日本近代文学館の創設に尽力した。

【初出】『死の淵より』(一九六四、講談社)

おまえがうまれた日

福中都生子

おまえがうまれた日
まるい地球がひとつこのからだのなかからすべりでたような気持がした
ながかったそれまでの秋冬春のたたかいは大きな安堵にいれかわり
おまえがでていったあとの腹腔の広場には
なでしこやコスモスや矢車草が咲きにおった
むさぼりつづけた深いねむりのなかで
わたしはその花たちに祝福されている夢をみた

おまえが生きていた七日間
わたしのふたつの乳房は
おまえの頭よりも大きくふくらんだ
産室の窓からは住吉公園のピンク色の夾竹桃が咲きみだれ
住吉神社の境内から夏祭りのおはやしがきこえていた
あまり乳を吸わないちいさなおまえを
若い母親はしきりにだきしめて泣いたりした
ひと月たったらおまえをだいて
神社の赤い太鼓橋をわたり　月並みなお願いをしにゆきたいと

おまえが逝ってしまった日
わたしのからだの中で　大きな星がくだけ散った
おおいそぎでその星をひろいあつめても　それはまたこなごなにくだけてしまう
ちいさな棺におさまって
あの日おまえはわたしから去ったきり
おまえがわたしに残したものは
女の感情がはかり耐えた最大の宇宙の振幅
それはただひとつのよろこび　ひとつのかなしみ
その日からおまえはこの街の土になった
その日からわたしは　おまえの匂いを慕いあるく風になった

わたしが初めて読んだ福中都生子の詩は、忘れもしない、「酋長ジェロニモ」という一編だった。「好きよ ジェロニモ／あなたが 好き／あなたは アメリカインディアン最後の酋長／男の中の男の酋長」。その歌の調べに、わたしはたちまち魅せられたものだ。福中の詩には、陽に向かう明るさと社会性があった。掲出の一編は、逝ってしまった赤ん坊の、短かった生の日々を寿いだもの。子と母が、最後、土と風になぞらえられている。哀しみが、宇宙の大きさにまで希釈されながら、わんわんと響き渡っていく。

福中都生子（ふくなか・ともこ）一九二八～二〇〇八

東京出身。幼少期を朝鮮で過ごし、帰国後、看護学校を卒業。短歌や詩作に入り、一九五八年に第一詩集『灰色の壁に』を刊行。『福中都生子全詩集』（一九七七）で小熊秀雄賞を受賞。やさしい言葉で平和への思いを綴った詩人として知られている。

【初出】『南大阪』（一九六四、思潮社）

祝う——子馬の誕生

リンダ・ホーガン

牧草地に着くと
彼女はまだ食べている
黄色い頭状花と
花粉が彼女のひげを
金色に染めている　レディー
彼女のお腹はまあるく膨らんでいる

肋骨がたっぷりと開いている
わたしたちは待つ　素足を
馬の飼葉桶の中でぶらぶらさせる
金魚がなめらかなくるぶしに
そっと触れてゆく
わたしたちは待つ
液体があふれて
レディーの黒い脚を伝わってゆく
すると黒いおたまじゃくしのように
濡れてつるつるした子馬が

飛び出してくる
すぐに脚を突き出しはじめる
彼女は子どもの脚先までなめる
まだ膜におおわれたままで
赤く
透けて見える
太陽がきらきら輝きながら昇ってくる
空は暁の光で明るくなる
そして大地は
トウモロコシから飛んでくる

花粉でいっぱいになる
大地は
いつもわたしたちを抱きつづけるだろう
いたるところ大地は赤く染まっている

（青山みゆき・訳）

馬のお産風景。母馬はレディーと、尊敬を込めて呼ばれている。言葉のない動物たちの、黒々と潤む、宇宙の目。大地は花粉でいっぱいになるという。それも無言の祝福のようだ。この詩に描かれている、大地の風景に、わたしはどこかで出会った気がしている。

リンダ・ホーガン Linda Hogan 一九四七〜

アメリカ、コロラド州デンバーの生まれ。ネイティヴ・アメリカンの詩人（父はチカソー族）。一九八七年、詩集『自分自身を家と呼ぶ』で詩人としての地位を確立。八五年には詩集『太陽を通して見る』で全米図書賞を受賞。九〇年、最初の小説『卑しいこころ』はオクラホマ州図書賞などを受賞。

【邦訳出典】『ネイティヴ・アメリカン詩集』青山みゆき編訳（二〇〇九、土曜美術社出版販売）より　※作者略歴も同書から抜粋。

ある旅立ち

井上 靖

花束が投げこまれたように、夕闇のたてこめた車内は急に明るくなった。紀伊の南端の小さい漁村の駅から、三人の姉弟が乗りこんできた。姉は二十ぐらい、妹は十五、六、末の弟は中学一年生か。三人は七個の荷物をリレー式に手渡して、網棚に載せ終ると、走り出した汽車の窓を開け、三つの顔をつき出して、母ちゃん、母ちゃん、と声を上げて手を振った。

富裕そうな白壁の家を背後に抱いた堤の上に、母であろう、夕闇の中に白い人影が立って、手を挙げて、それに応えていた。

やがて三人は窓を閉め、席に坐ると、顔を見合せて、くっくっと笑い、さて、姉は屈託なさそうに岩波文庫を取り出し、妹はただ憂い深い美しい面を伏せ、弟は林檎を出してズボンでこすった。

二十年後、この花のような姉弟たちはどんな日を迎えているだろうか。

突如、私は不吉な予感に怯えた。そして、真実、私は祈った。曾て肉親にも捧げたことのない敬虔さで、この明るい姉弟たちの倖せを祈った。今宵、この一束の花たちにとって、もはや不幸に向う以外、いかなる旅立ちも考えられなかったからだ。

井上靖は小説家として知られたが、多くの散文詩を書き残した。その作品は外見のとおり、手作りの端正な木箱である。なかに一つ、こつんとした手応えのある、小さな宝石(詩)がしまわれている。

列車内で偶然、見かけた三人の姉弟。それにしても「予感」というものはおそろしい。彼らより少しでも長く生きた大人なら、幸福に無自覚な彼らの今後に、祈りを捧げずにはいられないだろう。この列車がこの先も、止まらず走り続けてくれたらどんなにいいか。

井上靖(いのうえ・やすし) 一九〇七〜九一

北海道旭川市に生まれ、静岡県伊豆湯ケ島の祖母のもとで育つ。京都帝国大学文学部哲学科卒業後、毎日新聞大阪本社の学芸部に勤務。一九五〇年、『闘牛』で芥川賞を受賞。六四年日本芸術院会員、七六年文化勲章受章。小説の他、詩、随筆、紀行文なども手がける。

【初出】『きたぐに』(一九五八、東京創元社) のち『北国』と改題

卒業式

谷川俊太郎

ひろげたままじゃ持ちにくいから
きみはそれをまるめてしまう
まるめただけじゃつまらないから
きみはそれをのぞいてみる
小さな丸い穴のむこう
笑っているいじめっ子

知らんかおの女の子
光っている先生のはげあたま
まわっている春の太陽
そしてそれらのもっとむこう
きみは見る
星雲のようにこんとんとして
しかもまぶしいもの
教科書には決してのっていず
螢の光で照らしても
窓の雪ですかしてみても

正体をあらわさない
そのくせきみをどこまでも
いざなうもの
卒業証書の望遠鏡でのぞく
きみの未来

丸めて筒に入れタンスの奥にしまったまま捨てることもできずに忘れてしまう、というのが卒業証書の散文的な取り扱い方。丸めた次に、のぞいてみる。すると言葉はその先へと動いていき一編の詩が生まれる。「きみ」という二人称で書かれている。「きみ」を「ぼく」にしても意味は通るが、がくっといきなりつまらなくなる。「ぼく」ではこの詩が他人事。「きみ」だと読者は当事者になる。当事者になって筒の中をのぞくことになる。筒の中をのぞくという行為は孤独なもの。のぞいている自分自身をどこかでふいに意識する。その向こうに未来がみえるというが、この詩の未来は、明るいとはいえない。むしろ不安。「正体をあらわさない／そのくせきみをどこまでも／いざなうもの」、これこそ、少年の未来の正体。


谷川俊太郎（たにかわ・しゅんたろう）**一九三一〜**

東京出身。『二十億光年の孤独』（一九五二）でデビュー。『月火水木金土日のうた』（六二）で日本レコード大賞作詞賞、『マザー・グースのうた』（七五）で日本翻訳文化賞、『日々の地図』（八二）で読売文学賞、『世間知ラズ』（九三）で萩原朔太郎賞を受賞。作詩の他に絵本、翻訳、映画脚本など幅広く活動。

【初出】『谷川俊太郎少年詩集 どきん』（一九八三、理論社）

雪童子《どうじ》

大岡 信

私の家の周囲には、植木屋さんの所有する畑がところどころにある。ある、といふより、残つてゐると言つた方が正しいかもしれぬ。何しろ、東京もその郊外も、しばらく見ぬ間に、「ああ家が建つ　家が建つ　僕の家ではないけれど」と中也さんが、おどけ歌のふりをしてやけくそ歌をうたつたやうな、各戸分散核家族化が進み、いたる所に新築家屋がによきによき生まれて、土を覆ひ隠してゐるのだ。

とりわけ植木屋さんの場合、もし家族の長にご不幸があつたりすると、相続税を払ふために土地を切り売りする可能性がある。それが宅地に化けるのもあつといふ間。そんな場合は、仕事部屋の窓の向う側にひろがる植木林も、たちまち小家屋群に変容するかもしれぬ。自分勝手で利己的な思ひながら、時々心配になる。今のところ私の窓の外側は安泰らしく、年に二度ぐらゐ、トラクターの轟音が何日間か続き、樹木が次々に引つこ抜かれ、ひどく心配させられることもあるが、それは樹の植ゑ替へ作業で、一安心というふ程度で済んでゐる。

窓の向うの、空地を含む植木林は、私にとつてごくささやかな眼の保養地だが、見てゐると、顔見知りの野良猫が六、七匹、二匹づつでじやれ合つてゐたり、別の奴がひつそり雀をねらつてゐたり、烏が我が物顔に枝々を飛び回り、尾長が美しい姿に似合はぬ濁《だ》み声を張りあげてゐたりする光景が、葉や枝を透かして見える。

そんな景色を見ながら、私の記憶に甦つてくる一つの不思議になつかしい光景がある。

植木林が時々大量に植ゑ替へられることは今書いた。植ゑ替への時は、一週間くらゐそこが空地同然になる。目の前に何もなくなり、窓の外が急に明るくなる。真冬、雪が降り積もるやうな珍しい日があると、そこは一日二日あるいは三日間ほど、だれ一人踏んで通る人もゐない、静寂な白い輝きそのものになる。私にはまさしく眼の保養の時だ。

そんな冬のある一日、私はそこに面白いものを見てしまつた。

机からふと眼をあげ、空地との境の簡単な柵の向うの、白銀世界を見やつた時、私は思はず凝視の姿勢になつた。

いつ現れたのか、一人の子供が、雪原の真中に立つてゐたのだ。厚手のジャンパー様の上着、足にはかなり深い長靴、頭にはふさふさと耳たぶまで覆つて垂れてゐる毛糸編みの帽子。

男の子か、女の子か、区別がつかないが、行動から見れば男の子だつたのだらう。五、六歳と見えるその子は、じつと雪を見つめて、立つてゐたが、やをら両手を前に揃へて突き出した。あつといふ間もなく、プールのへりに立つた姿勢で、一気に見えないへりを蹴り、ザブーン、飛び込みをやつてのけたのである。

私は思はず声をあげて笑つてしまつた。ガラス窓の内側だから、その子にはもちろん聞こえない。気もつかない。

だあれも見てゐない静寂な植木畑の空地で、その子は何度も飛び込みをくり返し、やがてそれだけでは足りず、雪原の上に寝そべつて、はじめはゆつくり、やがて熱中して、空地の一方のはじから他方のはじまで、二、三十メートルの間をごろごろ、行つたり来たり、じつに無我の境地で、余念なく転がりはじめたのである。

ガラス窓の内側から眺め続けながら、その子が今どんなに純粋な快感にひたつてごろごろ転がつてゐるか、私はうづくやうな思ひで感じてゐた。のぞき見してゐるのは妙に後ろめたいことだつたが、それがほんとに後ろめたく感じられるほどに、その子は無心に、無言の快楽の叫びをあげてゐた。それから、フッと立ちあがつた。まつたく何一つ起こらなかつたやうに、全身で変貌し、次の瞬間、すたすたと歩いて、畑地の先の道路の方へ消えてしまつた。まるで、幻。

ああ、面白い見ものだつた。我にかへつて心に呟いた。

その呟きに重なつて、「あんなふうにやれなきや駄目だなあ」といふ思ひが油然《ゆうぜん》と湧いた。「あんなふうに」といふのが一体「どんなふうに」であるのかよくわからないのだつたが、しかし、あんなふうにやれなきや、何事によらず駄目なのだつた。

真っ白な雪の原。誰かに見られているという自意識もなく、一人、雪と戯れる子供。驚くのは、その子がフッと立ち上がると、「全身で変貌し」、消えてしまったというその瞬間だ。そんな変貌を見届けてしまう「私」も、雪童子の仲間なんじゃないか。まるで子供の姿を借りた芸術の精が、一幕の芸をぱっと披露して去ったかのよう。いや、わたしたちが目にしたものは、風に舞う雪のかたまりに過ぎないのかもしれない。無心に遊んでこの世を去る。雪の上に出現した、生涯の縮図。無垢のビジョン。のびやかな文体で綴られた、エッセイと呼んでもよい作品だ。詩と呼ぶにはずいぶん長い。が、雪童子を、ありありとここに呼び出すのに、これは必要な長さだったと思う。この散文詩を読んで以来、わたしの心のなかに、一人の雪童子が棲みついている。

大岡 信（おおおか・まこと）一九三一〜

静岡県三島市出身。東京大学文学部国文科卒業後、新聞記者、大学教授などを経て、詩人・評論家に。『故郷の水へのメッセージ』（一九八九）で現代詩花椿賞を、朝日新聞「折々のうた」（一九七九〜二〇〇七）執筆活動で菊池寛賞を受賞（一九八〇）。日本ペンクラブ会長もつとめ、文化勲章受章（二〇〇三）。

【初出】『世紀の変り目にしゃがみこんで』（二〇〇一、思潮社）

結婚について
ハリール・ジブラーン

結婚についてお話をどうぞ、とアルミトラが言うと彼は答えて言った。
あなたがたは共に生まれ、永久《とわ》に共にある。
死の白い翼が二人の日々を散らすときも
その時もなお共にある。
そう、神の沈黙の記憶の中で共にあるのだ。
でも共にありながら、互いに隙間《すきま》をおき、
二人の間《あいだ》に天の風を踊らせておきなさい。

愛し合いなさい、
しかし愛をもって縛《しば》る絆《きずな》とせず、
ふたりの魂《たましい》の岸辺の間《あいだ》に
ゆれ動く海としなさい。
杯を満たし合いなさい、
しかし一つの杯から飲まないように。
ともに歌い踊りよろこびなさい。
しかしそれぞれひとりであるように。
リュートの弦が同じ音楽でふるえても
それぞれ別のものであるにも似て。

自分の心を（相手に）与えなさい。
しかし互いにそれを自分のものにしてはいけない。
なぜなら心をつつみこめるのは生命の手だけだから。
互いにあまり近く立たないように。
なぜなら寺院の柱は離れて立っており
樫《かし》や糸杉は互いの影にあっては育たないから。

（神谷美恵子・訳）

故郷へと帰る一人の預言者に、巫女・アルミトラが頼む。帰還される前に「あなたの真実をわたしたちに与えてください」と。預言者はおもむろに語り始める。誕生から死までの諸問題について。詩集『預言者』では、このような構成で、詩篇ごとに様々なテーマが取り上げられていく。この詩で語られるのは「結婚」。天の風、ゆれ動く海、寺院の柱など、随所に置かれた比喩が効いている。共にありながら、一人であるようにというこの聖なる結婚観を、単に「理想」と片付けてしまってはつまらない。深遠な智慧が雫のように、イメージを伴って心に落ちる。神谷美恵子はこれらの詩と、深いところで響きあう訳者だ。ハンセン病患者に生涯、向き合った精神科医として知られている。宗教家的資質を持った思索者だった。

ハリール・ジブラーン Khalil Gibran（英語表記） 一八八三〜一九三一
レバノンに生まれ、アメリカに移住した詩人。「二〇世紀のブレイク」とも称される。美智子皇后が皇太子妃時代に、レバノン大統領から『預言者』を贈られ、作家・医師の神谷美恵子に紹介したことがきっかけとなり、日本では、神谷訳によって広まった。
【原詩初出】『預言者』（一九二三）
【邦訳初出】「婦人之友」一九七五年七月号〜一二月号（神谷美恵子・訳） ※出典は神谷美恵子『うつわの歌』（一九八九、みすず書房）より

挨拶

天野 忠

息子は嫁をもらい
その嫁は青い眼をして
ぶあついフライパンを鞄に入れて
Japanese in a hurry
という小型本をかかえて
鼻の先だけまっかに陽灼けして

オロンゼー号という大きな船から
ひとり　スラスラと降りてきた。
出迎えたのは
息子のおやじとおふくろの二人
黙りこくって三人は自動車にのり
私鉄にのりかえ
またバスにのり
野壺や　竹藪や　田圃や
スクラップ工場の並んだ郊外を走り
バスから降りて

豆腐屋の角をまがり
うどん屋の前の溝板をわたり
三軒路地のまんなかの
すべりの悪いガラス戸を開け
「おはいり」
とおやじは云った。
古畳の上にキチンと坐り
まっ白い膝小僧をむき出し
青い眼の娘は　ふかぶかと
日本式に　お辞儀した。

「ミナサン　コンニチワ」
あわてて親たちも
ペコリとお辞儀した。
それから
「ハイコンニチワ」
と答えた。

天野忠の言葉は、みんな「真顔」だ。笑ってもいないし泣いてもいない。なのに(だから?)、おかしくてしんみりしたりする。外国から船に乗ってやって来たお嫁さん。出迎えたのは老夫婦二人。肝心なときに姿の見えない、息子はいったいどうしたのだろう? 初対面の三人は不器用でぎこちない。言葉が容易に行き交わないから、まるでモノとモノとがぶつかったみたい。そんなところへ、すっと差し出される「おはいり」という言葉。自分が招き入れられたように、胸、温まる。畳の上で、互いに「コンニチワ」。たったこれだけのことなのだが、わたしは彼ら三人から、とても高貴で繊細な「何か」を受け取ったような気がしたのだ。

天野忠(あまの・ただし) 一九〇九〜九三

京都出身。京都第一商業学校卒業後、大丸京都店、出版社、古書店などに勤務しながら詩作をつづけ、『天野忠詩集』(一九七四)で無限賞、『私有地』(八一)で読売文学賞、『続天野忠詩集』(八六)で毎日出版文化賞受賞。後年は奈良女子大学図書館に勤務した。〝市井の詩人〟ながら、丸谷才一、三島由紀夫などに熱烈に愛好された。

【初出】『天野忠詩集』(一九七四、永井出版企画)

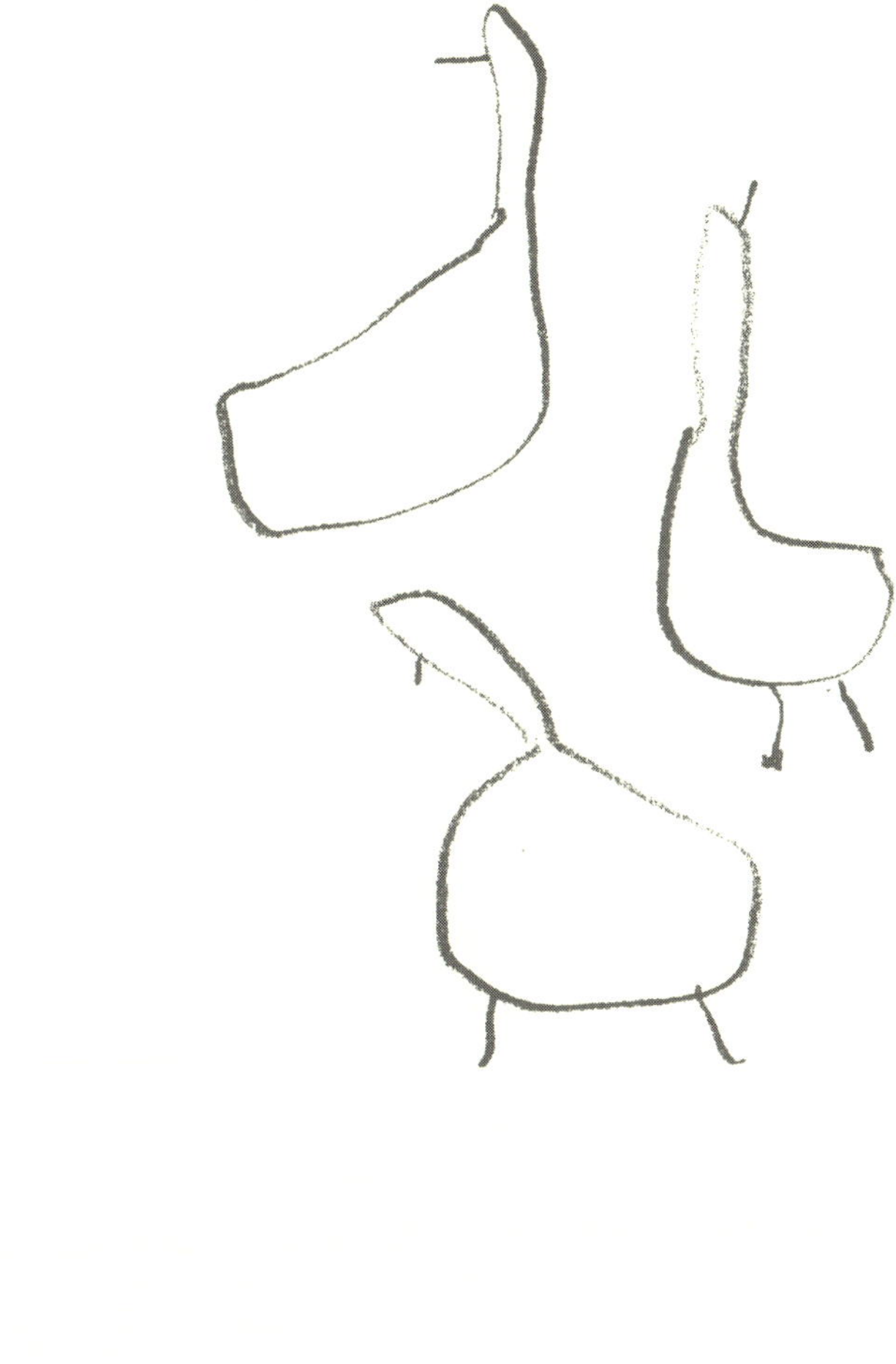

あなたなんかと

高橋順子

あなたなんかと
結婚する男がいるとは思えないと人に言われたことがあります
ここのところの「男」を「女」に変えると
わたしのつれあいも言われたことのあるという科白になります
完全な残り者同士
「偏屈と物好き」の組合せでありますから

このたび祝言を挙げたについて
呆れられこそすれ羨まれることはない
しかし一人者という境遇ゆえに親しくしてくれていた女や
男から一歩身を退くことにはなりました
まさかと思っていた人たちの心づもりを裏切ることをしたのです
それが悪いことでしょうか
とひらき直るつもりはありません
悪いことだと思うからです
いい気になってと思うからです

高橋順子の書く言葉には、一枚の葉っぱのごとき、繊細な軽みがある。紙の上に並んでいるのは、言葉ならぬコトノ葉っぱ。それを置いたのは作者の手だが、風が吹いてきて、葉っぱの位置が少しずれる。あくまで作者でなく風の為したこと。そんなふうに、主体が自分以外の何者かに委ねられている気配が、詩の言葉に感じられる。自己愛に通じる「我」が薄い。というよりも引っ込んでいる。この詩が収められた『時の雨』は、一組の夫婦の狂気をはらんだ生活の記録。ぜひ全編を通して読みたい。遅い結婚をした「わたし」と「つれあい」。詩人と作家の組み合わせ。こんな形で幸福になった自分を、作者は半ば糾弾するように書く。謙虚、賢しさ、それとも防御？ どんな言葉も、この詩の美質を言い当てない。ここにもまた、風に動かされた葉っぱのような、幽《かそけ》き心の動きがある。


高橋順子（たかはし・じゅんこ） 一九四四～

千葉県出身。東京大学仏文科卒業後、出版社勤務などを経て、『花まいらせず』（一九八七）で現代詩女流賞、『幸福な葉っぱ』（九〇）で現代詩花椿賞、『時の雨』（九六）で読売文学賞を受賞。小説、エッセイなども手がける。

【初出】『時の雨』（一九九六、青土社）

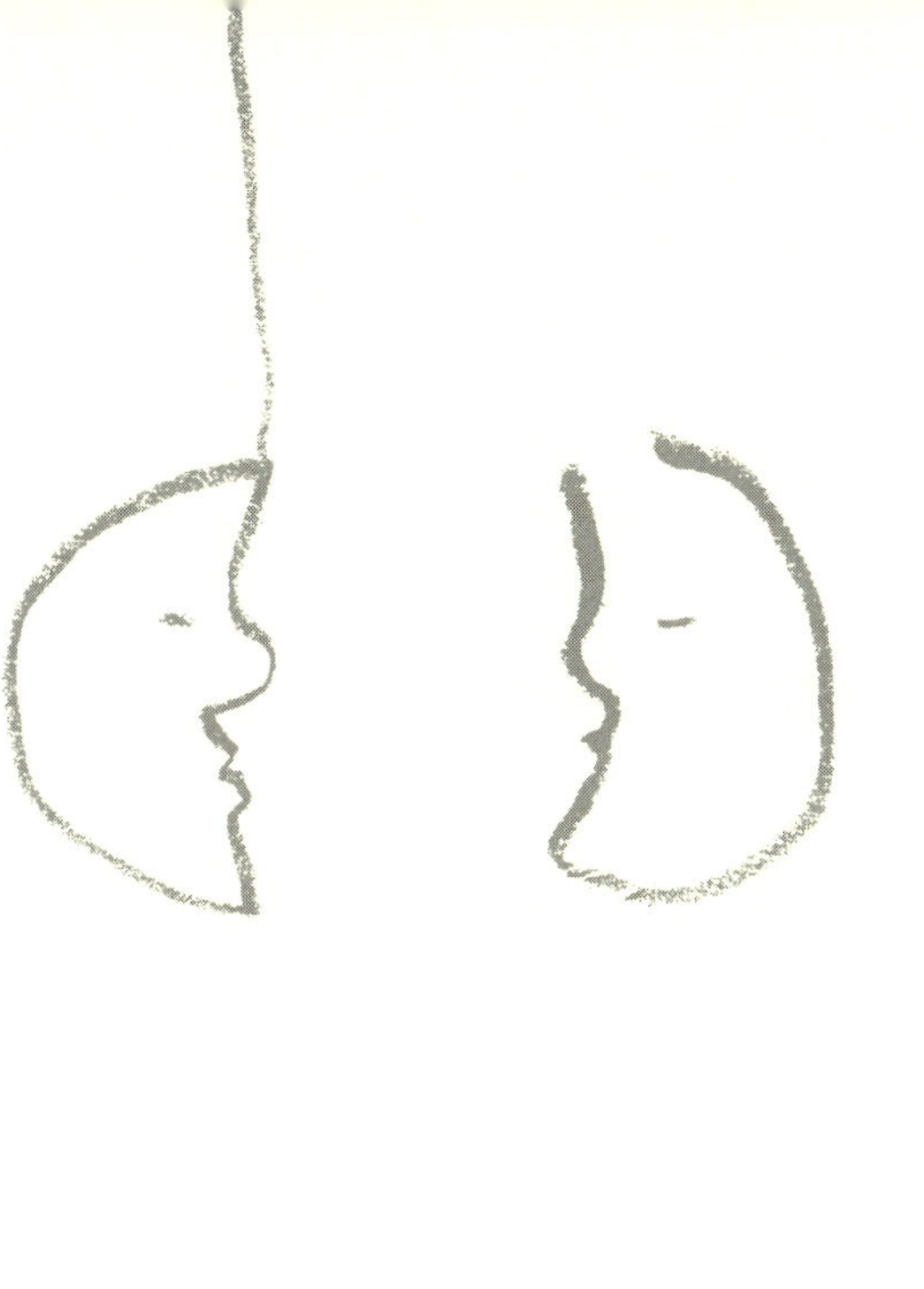

所帯をもって

高橋順子

信号を渡るとき
ほっとしている
人参を選りだしているとき
ほっとしている
あと何年ともに暮らせるか分からないのに
ほっとしている

籠の鳥になって
ほっとしている

鳥が籠をかぶったので
世間のほうもほっとして
どこかへ行ってくれた模様
やっと自由になった
一人旅にも出られるだろう

同じく『時の雨』に収められたもの。所帯という言葉は、温もりがあって懐かしい。結婚した女を「籠の鳥」と言う。しかし実は、籠の外側にあるはずの世間のほうが、ある意味では窮屈な籠だった。結婚はこの詩人に、大きな自由をもたらしたのだ。「一人旅にも出られるだろう」。戻らなければならない「基地」を見つけたから。なのに心は揺れている。まだかたちを表さない予感が、この先も詩人に、詩を書かせていく。

高橋順子（たかはし・じゅんこ）**一九四四〜**
千葉県出身。東京大学仏文科卒業後、出版社勤務などを経て、『花まいらせず』（一九八七）で現代詩女流賞、『幸福な葉っぱ』（九〇）で現代詩花椿賞、『時の雨』（九六）で読売文学賞を受賞。小説、エッセイなども手がける。
【初出】『時の雨』（一九九六、青土社）

婚約

辻征夫

鼻と鼻が
こんなに近くにあって
（こうなるともう
しあわせなんてものじゃないんだなあ）
きみの吐く息をわたしが吸い
わたしの吐く息をきみが

吸っていたら
わたしたち
とおからず
死んでしまうのじゃないだろうか
さわやかな五月の
窓辺で
酸素欠乏症で

詩に登場する幸せな二人には、ちょっとツッコミを入れてみたくなる。結婚前の「婚約」こそ、ある意味では幸せの頂点である。ここで死ねれば最高だが、そうはいかない。ともかく、おめでとう。

辻征夫（つじ・ゆきお）　一九三九〜二〇〇〇

東京出身。明治大学文学部卒業。少年期より詩作に没頭し、『河口眺望』（一九九三）で芸術選奨文部大臣賞を受賞。『俳諧辻詩集』（九六）で現代詩花椿賞と萩原朔太郎賞を受賞した。向島生れのせいもあり、東京の下町を題材にした詩が多い。

【初出】『隅田川まで』（一九七七、思潮社）

挨拶——結婚に際して

辻征夫

いくこよ
おれのあたまのなかは
いつもいつも夕焼けなんだ
夕日が八輛乃至十輛連結で
次から次に沈んで行く……
いくこよ

おれを夏または秋の
日暮れの
燃える空だと思え
やがて来る（だろう）
おれの夜には
星はおまえが輝やかせよ

夫から新妻への宣言のような挨拶。いくこよ、という呼びかけは船出前の帆のようだ。随分張り切っているが、初々しく、そしてかすかなはにかみもある。宣言しているこの人のほうも、新しく夫になったのである。辻征夫は、心細さと心優しさが、そのまま男の人の姿になって、なすすべもなく突っ立っているという風情の人で、数少ない、見るだけで「詩人」とわかる人だった。優しさを支える、相当の強さをおそらく芯に持ち、その強さが、ユーモアにかすかな苦味をにじませた。「夕日」の詩人と言ってみたくなるほど、夕焼けの風景に鋭敏な感受性を開いた佳作が多い。ここに取り上げた詩には、後日談とも言える作品が。「落日——対話篇」という美しい詩だ。ぜひ探して、読んでみてください。

辻征夫(つじ・ゆきお) 一九三九〜二〇〇〇
東京出身。明治大学文学部卒業。少年期より詩作に没頭し、『河口眺望』(一九九三)で芸術選奨文部大臣賞を受賞。『俳諧辻詩集』(九六)で現代詩花椿賞と萩原朔太郎賞を受賞した。向島生れのせいもあり、東京の下町を題材にした詩が多い。
【初出】『隅田川まで』(一九七七、思潮社)

結婚

新川和江

呼びつづけていたような気がする
呼ばれつづけていたような気がする
こどもの頃から
いいえ　生れるずっと前から

そして今　あなたが振り返り
そして今　「はい」とわたしが答えたのだ

海は盛りあがり　山は声をあげ
乳と蜜はふたりの足もとをめぐって流れた

ひとりではわからなかったことが
ふたりではわけなく解《と》ける　この不思議さ
たとえば花が咲く意味について

はやくも　わたしたちは知って頬を染める
わたしたち自身が花であることを
ふたりで咲いた　はじめての朝

時代が変わり、結婚観が変わり、あるいは未来のいつか、一夫一婦制の結婚制度をもう誰も選択しなくなっても、この詩で「結婚」と名付けられた行為の幸福を、否定することはできないだろう。すれっからしのわたしたちは、詩に描かれたような初々しい一日から、結婚生活を始めることはもうできないかもしれない。でも、ここを、めざすことならできるのでは。生れるずっと前から、呼びつづけ、呼ばれつづけていた、そんな境地に至る老夫婦が、どこかにきっと、いると思う。

新川和江（しんかわ・かずえ）一九二九〜
茨城県結城市出身。西条八十に詩の指導を受け、一九五三年、第一詩集『睡り椅子』を刊行。吉原幸子と共に女性のための詩誌「現代詩ラ・メール」を編集（一九八三〜九三）、ラ・メール賞を主催するなどして、多くの女性詩人を輩出した。産経新聞「朝の詩」の選者を長くつとめ、一九一一年生まれの柴田トヨの生き方とその詩を賞賛、人気のきっかけを作った。
【初出】『花ろうそくをともす日』（一九七五、サンリオ出版）

祝婚歌

吉野弘

二人が睦まじくいるためには
愚かでいるほうがいい
立派すぎないほうがいい
立派すぎることは
長持ちしないことだと気付いているほうがいい
完璧をめざさないほうがいい

完璧なんて不自然なことだと
うそぶいているほうがいい
二人のうちどちらかが
ふざけているほうがいい
ずっこけているほうがいい
互いに非難することがあっても
非難できる資格が自分にあったかどうか
あとで
疑わしくなるほうがいい
正しいことを言うときは

少しひかえめにするほうがいい
正しいことを言うときは
相手を傷つけやすいものだと
気付いているほうがいい
立派でありたいとか
正しくありたいとかいう
無理な緊張には
色目を使わず
ゆったり　ゆたかに
光を浴びているほうがいい

健康で　風に吹かれながら
生きていることのなつかしさに
ふと　胸が熱くなる
そんな日があってもいい
そして
なぜ胸が熱くなるのか
黙っていても
二人にはわかるのであってほしい

結婚を寿ぐ詩として、もっとも知られた一編。すっかり知ったつもりになって読むが、驚くことに、今も新鮮。それはこの詩が詩であることの、何よりの証拠だと思う。確かにここには、人生を二人で生き抜いていくコツがいくつもたたみかけるように記されていて、読むたび、わたしは、なるほど、と思う。そして時には反省もする。しかしすうっと忘れてしまう。忘却を促進するのは、ここに響いている、「類まれな美しい調べ」である。「こうしたほうがいい」とアドバイスされても、だから圧力を感じない。結婚している人も未婚の人も今まさに結婚しようとしている人も、何かを「思い出す」ためにこそ、この詩を読むといい。

吉野弘（よしの・ひろし）　一九二六〜

山形県酒田市出身。酒田商業学校卒業後、会社勤務の傍ら同人誌「櫂」に参加。『感傷旅行』（一九七一）で読売文学賞を、『自然渋滞』（八九）で詩歌文学館賞を受賞。「夕焼け」「I was born」などが国語の教科書に採用されたほか、《心の四季》（高田三郎作曲）など多くの合唱曲の作詞でも知られ、中高生や合唱部員にも人気がある。

【初出】『風が吹くと』（一九七七、サンリオ）

花嫁

池井昌樹

町の本屋で働きながら私は三十歳になっていた。自ら望んで漸くあり付いた仕事だった。その本屋に気掛かりなアルバイトが入ってきた。二十歳《はたち》の女子大生だった。やがて私たちは共に暮らすようになり一年が過ぎた。私にはしかし結婚など雲を摑むようだった。世間の片隅で詩さえ書いていられれば良かった。私は頑《かたく》なだった。その頑なを柔らかだが勁い力で結婚へと促したのは会田綱雄だった。予《かね》てより足繁くアパートへ遊びにこられていた会田さんは既に私たち共通の「懐かしい人格」だった。昭和六十年一月十五日、私たちは三鷹八幡宮で挙式した。良く晴れて寒い朝だった。介錯人を引き受けて下さった会田さんは式の始まる二時間も前に三鷹駅へ到着し、私たちはタキシードとウエディングドレスのまま大慌てで迎えにいった。アパートに着くなり会田さんはお酒を所望され、新婦の隣に胡座《あぐら》をかき無言微笑で召し上がり始めた。郷里から駆け付けた公務員教師の姉はその様子に吃驚していたが、私は沁み沁みと嬉しく有難かった。やがて山本太郎さんがお見えになり、すっかり仕度の整った新婦に、おお、と嘆声を上げられ、私の耳許で「おまえには勿体無いな」と囁かれた。沁み沁みと嬉しく有難かった。打ち続く農家の生垣と車道を隔てる未だ舗装されてない歩道を、晴れ着姿の私たちは一列縦隊で八幡宮へと歩いた。あッ、はなよめさんだッ、通りすがりの車の窓から歓声が起き、おめでとうッ、見ず知らずの祝福があちこちから届いた。晴れがましさと恥ずかしさで私は胸が一杯になり、あわや落涙しそうだったが、退っ引きならないヴァージン・ロードを今此処で他ならぬ私が歩まされている不思議な覚醒をも同時に覚えた。今は亡い太郎さん会田さんに挾まれ、今は亡い父の待つ八幡宮の大鳥居を潜り、純白のタキシードの私と、純白のウエディングドレスの妻と、妻のお腹に宿る子と。

——あれから二十七年という歳月が過ぎ、あれから二十七年間私は毎日欠かさず朝晩のゆき帰りにバスの窓から八幡宮へ頭を下げる。ゆき過ぎる社殿の奥にはあの日のままの顔触れがあの日のままに。ゆき過ぎる時の流れも知らぬげに。

詩人は頑な。いつも、頭のなかを詩のことで一杯にして、一人、世間の片隅から世界と対峙している。そんな詩人が「結婚」することに。なんて賑やかな温かい詩か。たくさんの人間が登場する。実名で出てくる二人の詩人、新郎の親族、歩道の両側から祝福の声をあげるのは見知らぬ人々で、そのなかには子供もいただろう。それからもちろん花嫁さんと花嫁さんのお腹にいる子。そういうすべてを黙って見守ってきた、八幡宮にもいい表情がある。陽光のさすこんな一日。詩人は詩の翼を束の間、地面に下ろし、何者かに引きずられるように、ヴァージン・ロードをゆく。新たな生活、新たな詩。「二十七年間」という歳月を詩に読むとき、あの一日は、一瞬にして永遠。

池井昌樹（いけい・まさき） 一九五三〜

香川県生まれ。幼少より詩作に親しみ、草野心平や中原中也らによって創刊された詩誌「歴程」に参加。『晴夜』（一九九七）で、歴程賞と芸術選奨文部大臣新人賞を受賞。作中の会田綱雄（一九一四〜九〇）、山本太郎（一九二五〜八八）も「歴程」同人の詩人。

【初出】『明星』（二〇一二、思潮社）

或る開墾者の新婚日記

草野心平

大正十年前後のものと思はれる。ザラ紙を綴じて鉛筆で書かれてゐる。釧路近辺の開墾者が筆者らしいが、ひどく読みにくい。

シヨヤ
なかうどさんふうふと五郎とオレと四人だけのケツコンシキ
なかうどさんマンゾクシロヨ　といつてかへる
イタイがハをくひしばつてガマンするとするするするフタがしまつた

五郎におこされる
オレもひらく

二日目
やきぼつくひをシャベルやタウグハでひつこぬく
よる　やる

三日目
からすめらほつくりかへしたハタケのへりのところでギャアギャアなく
こんやもシンブンのカミをつかつた

四日目
なかうどさんのウチから片バケツの水くみはリヤウバケツにしたい　五郎が買つてくるといふ　五郎が買つてきた
五郎をおこしたら　もう夜明けかといふから夜中だといつたら　さうかと五郎がわらつた　いいキモチだつた

五日目
アサから井戸ほり
ユフガタどろの水が見える

アカンの山にオテントサマがはひらうとしてゐる
あんな赤い大きなオテントサマ見たおぼえない
五郎はずゐぶん毛むくぢやらだ
いいキモチだ

六日目
井ドホリつづける　役場の人だと五郎はいつた
ネクタイはしかしヨレヨレだつた
セイダスンダゾ　そしたらゼンヱモンみたいにかへらなくてもいいんだといつてかへつた

ここの土はオレのヰナカの土よりも悪いなとオレは思ふ

五月十五日

夜シヨンベンに外へ出たらお月さままんまる

ブーンときて虫がとまつたのでケツをたたいた　シヨンベンヂャアヂャアセイ

セイして小屋にはひると屋ネのスキマからもホタルのやうな光

五郎もメがさめてたらしい　五郎はねたまま立つてるオレの股ぐらに足をつつ

こんだ

十六日

タネマキをした
どこへ行つたかと思つてたら五郎がゼンマイやシドケをしこたまかかへてきた
花ももつてきた
なんの花かときいたらボタンキヤウかなといつた
ボタンキヤウ？　とききかへすとスモモかなといつた
白い花だつた
シヨヤの酒のアキビンにさした
けむつたいひどくもえない木があるので五郎にきいたらナナカマドかなと五郎
はいつた
ナナカマドなんていふ木はオレの井ナカにはない

土マになげた

十七日
モウおきるんだよとオレがいふとウンウンと返ジしながら五郎はオレをひきずりこんだ
とほくでテツパウの音がした

（註・以下まだまだ続くが一応この辺で写しをおはる。）

釧路近辺の開墾者が、ザラ紙に書いた新婚日記。読みにくいが、ここになんとか書き写した。そういう体裁を取った創作。でもあまりに生々しいので、原本はぜったいあるはず、と思ってしまう。虚実の間の迫力である。それにしても、新婚日記を誰に言われたのでもなくつけようとしている女性が、もし本当にいたとしたら、その表現意欲はどこからくるものだろう。ここには日記ならではの、自分にしか通じないような記述もあって、「表現」と言うのには躊躇があるが、言葉には、眩しいような原初の輝きがある。「オレ」の言葉に、わたしは詩のふるさとを見る思いだ。冒頭のシヨヤとは初夜。オレが新妻で夫は五郎さん。ちょっと度外れな愛情で、人間やいきものを表現した草野心平。この詩人の手にかかると、性欲も天に向って大らかに昇華する。

草野心平（くさの・しんぺい）　一九〇三〜八八

福島県いわき市出身。中国・嶺南大学に留学中から詩作を開始。一九三五年、詩誌「歴程」を創刊、現在も発行中。蛙をモチーフにした詩で知られ、「蛙の詩人」と呼ばれた。『定本蛙』（一九四八）に集大成された蛙の詩で読売文学賞を受賞。七五年芸術院会員、八七年文化勲章受章。

【初出】『凹凸』（一九七四、筑摩書房）

生きている貝

鈴木ユリイカ

外では雪が幽かに降りはじめたようだ
「働きすぎじゃない？
あたしたちって、どうなるのかしら？」
24時間も眠らずに仕事をし
真夜中に帰ってきたあなたが
ものも言わずビーフシチューを食べ
果物の皮をむくのを見ていた私は

何かの不安にかられ　あなたに聞いたのだ
音なしテレビの瞬きの中にいたあなたは
いよいよ寝床に入る段になって
ふすま一枚へだてた隣りの部屋から
ゆっくりと　答えた

「あの貝のこと憶えてるだろ？
ぼくらはあの貝のようになるのさ。」
ある夏　北の海岸で買ったその貝は
全く驚嘆すべき形をしていた
ヴァイオリンの先端のように渦巻いていて

手のひらのように星形に開いていたり
内側はバラのつぼみのように輝いていた
「どんなふうにあの形ができあがったんだろうね。海の運動や光や砂の温度からなのか、実際には食物を獲得するために、貝が少しずつ行動したかも知れない。ぼくらの貝は目には見えないから、どういう形をしているかわからないけれど、ずっと生きていれば、ある形ができあがると思うよ……。」

私はそのときひどく感動して
冷気の中で目をぱっちり開けた
生まれてはじめて　時間というものを

鮮やかに見たような気がしたからだ
すると　燃えたつ青空の中の透けるような
私たちという貝が見えてきた
「もちろん、死というものがあるから、完璧にはいかないけれどね。死
という一点はぼくらにはわからないから、ぼくらの形をあの貝のよう
に完璧に見ることはできないけれどね。」
「死ぬときあたしたちがどういう形をしているかわかるかしら？」
「わかると思うよ。ごく自然な形でね。」
それから　あなたは眠りについたのだ

人間という貝を私はヨーロッパで

たくさん見てきたばかりだった
ミロのヴィーナスもサモトラケのニケも
ラオコーンもすばらしい形をしていたが
私がいちばん魅かれたのは
ミケランジェロのピエタだった
あれは息をひきとったばかりの聖らかな
息子イエスを抱く母親マリアの像なのだが
まるで死んだ恋人を抱く若い女のように
私には思われたのだ　あのように
純粋な抱擁を　私は見たことがなかった
それは白い冷たい椿の匂いのように

私の方に流れてきた

けれども　私の心の中に在る
私たちという貝は生きていて
これからどうなるかわからず
無限に熱を持ったもののように思われた
外では雪が降りしきっていた
私は目には見えない貝に心の中で
そっと触れてみた　すると
もはや時の刻みが痛いほどついていた
たとえ流砂のようにこぼれ落ちる

日々の空しさに私が生きていようと
私は憶えておこう
息子が生まれた日の青い濡れたような空を
そして病院から連れてきたばかりの
ガーゼに包まれた首のくにゃくにゃする
バラ色の息子をまるで祝福でもするように
四階の窓までのぞきにきた
一本のにれけやきのことを
あの木は空中であやとりするみたいに
何日も何日も息子をあやしていた
それから　何かの行き違いで

張り裂けんばかりになっていた私を
不意に　台所の隅でしっかりと抱いた
あなたのことを
あの生の全き充足のことを

この詩を読むと、いつも我知らず、涙が流れる。休みなく働き、疲れきって帰宅した夫。それを見て不安に思う妻。彼らが交わす深夜の会話は、しかし思いがけない深部へと至り、そこから共に、瑞々しい水を汲み上げる。「あたしたちって、どうなるのかしら？」「しらねーよ」。こんな会話もあり得ただろうに、この夫が、一呼吸置いて語りだすのは、思いがけない、「貝」のこと。闇のなかに、その貝の結晶がくっきりと見えてくる。この詩自体が生きている一個の貝といっていいだろう。長い時を経ても摩滅することなく、哲学的な結晶を果たし、読んだ者の心を、その都度、枯れない井戸水のように潤す。涙はその水のあふれに過ぎない。

鈴木ユリイカ（すずき・ゆりいか）一九四一〜
岐阜県出身。明治大学文学部仏文科卒業後、「生きている貝」で第一回ラ・メール新人賞を受賞（一九八四）。その後、『Mobile・愛』でH氏賞（八六）、『海のヴァイオリンがきこえる』で詩歌文学館賞を受賞（八八）。
【初出】『Mobile・愛』（一九八五、思潮社）

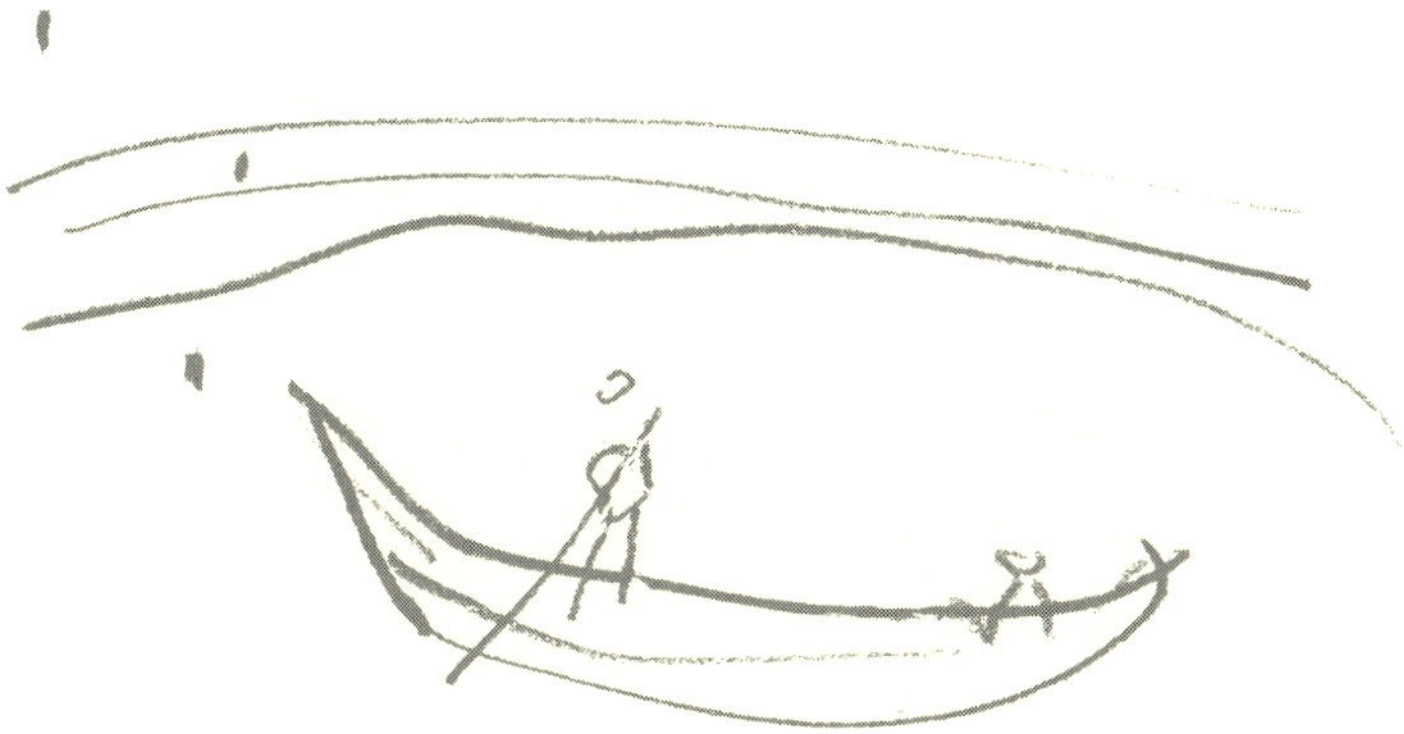

すうぷ

ぱくきょんみ

わたしは泪する
むつかしい質問にこだわりたいけれど
舌より口唇がうごかない
こわい目にあったのでしょうか
お母さんの症状に
夜中
横になれなかったのでしょうか

草の思いは
冷たいしずくの泪
荒れた庭で
わたしはしゃがみ
父さんのおしっこで育った
にらやしその葉を摘む

飯にこまったことはないのです
台所でうまれる
晩ごはんの汁は匙ですくわれるのです
胡麻の色

はだいろの肝
なによりも
朝鮮のすうぷはうまいのです

廊下や階段のある家
聞いてくれない木の家
人の怒鳴り声を信じている家
どうしても食べ残しできない家

そして
気付くのです

青白きガスの火
わたしはなま温かいものに舌をだす

父の血管
母のえら
弟まつげ
あざらしの尻
みずから
肉
骨
目玉

ミンナ
放りこむさ

塩をたしながら
わたしは獣の口をあけ
器に
わが家のすうぷを
こぼす

この詩は、ぱくきょんみの、第一詩集のタイトルポエムにして代表作。朝鮮の、うまいすうぷを、さあ飲もう。たちのぼる湯気と香気。その向こうに、ぼんやりと見えてくるのは、父・母・弟のいる家の風景。「わたし」は、言葉にならない「むつかしさ」を抱えていて、それがそのまま、この詩の言葉の「むつかしさ」を作っている。この家じゃ、食べ残すと、たぶん、ひどく叱られる。懐かしい家。怒鳴り声が聞こえてくる家。人間の臓腑と口に入る料理とが、同じ生温かさで描写されている。鍋のなかに「ミンナ」放り込まれて、何を食べているのだか、区別もつかぬ。それが怖くて官能的だ。読んでいると、身体がだんだん、あったまってくるが、しかし詩の表面に並んでいるのは、どこかはぐれたような、即物的で、モダンな日本語。

ぱくきょんみ 一九五六〜

東京出身。東京都立大学英文科在学中、第一詩集『すうぷ』(一九八〇)を刊行。詩作のほか、アメリカの詩人ガートルード・スタインの作品を邦訳(『地球はまあるい』一九八七)。『れろれろくん』などの絵本や、韓国の民族文化の研究でも知られる。

【初出】『すうぷ』(一九八〇、紫陽社/二〇一〇、ART+EAT BOOKS)

手

ペドロ・シモセ

若い肉体が欲するとき、とめどがない。
夢が乱れ
雀蜂がブラジャーの中へ入る。
待ちきれないわたしの手がおまえを裸にする。

脚の間の暗がりをまさぐり
わたしは淫らなことを言いながらおまえの口へ入る。

気の向くままに、わたしの欲望は
おまえの体の闇の中に身を隠す。

こうしてわたしはおまえの手に届き、わたしの手が
おまえを鎮め、頸を撫で、腰に巻きつく。

わたしは灯りを消し、目覚まし時計を止めた。

今や世界中の時刻が意味を持たない。
おまえの手の中のわたしの手はおまえだけのための
誓約
奔放で確かな誓約だ。

（細野豊・訳）

この詩が収められた詩集には、男女の交わす肉体的な愛情が奔放に表現されている。訳者の解説によれば、命を失いかけるほどの交通事故がきっかけとなって生まれたものらしい。なるほど、ここにあるのは、死の先にある、弾けるような「再生の歓び」なのだ。欲望の荒々しさを繊細な詩的感受性が包み、一編は珍しい調和を果たしている。「手」は欲望の切っ先。相手の肉体を、昂ぶらせ、鎮め、あらゆることを為したあと、愛の誓いの象徴にもなる。

ペドロ・シモセ Pedro Shimose　一九四〇〜

ボリビア、ベニ州リベラルタ市に生まれる。父は山口県からの移住者、母はリベラルタ生まれの日系人。一九五九年、『亡命における三つのピアノ練習曲』以降、次々と詩集を刊行。七一年、軍事政権下のボリビアを追われ、スペインに亡命。亡命先で刊行した『ぼくは書きたいのに、出てくるのは泡ばかり』がキューバのカサ・デ・ラス・アメリカス賞を受賞。その後、ボリビア政府はかつての弾圧を謝罪、九九年に国民文化賞を授与。

【原詩初出】『きみはそれを信じないだろう』(二〇〇〇)

【邦訳出典】『ぼくは書きたいのに、出てくるのは泡ばかり』ペドロ・シモセ/細野豊訳(二〇一二、現代企画室)より　※作者略歴も同書から抜粋。

春の夜のしなさだめ

永瀬清子

初春の夜のしなさだめ
娘たちは久々に出あって
たのしいしなさだめにふけっていた。
まず親類の叔母さんたちが槍玉にあがり
T叔母さんが一番若々しく
美しいのだときまった。

父はかたわらでだまってきいていたが、その時
「T叔母をよく見るとシワがあるよ
つくろっている事がよくわかるんだ――」そこで一区切おいてから
「でもうちの八《やあ》だけは嫁に来た時と今もちっとも変わらんねえ」
としごくまじめに発言した。
この時、母八重野はもう十九才はとうに過ぎていて
いまや五十いくつ。
娘たちはあっけにとられ
しばらく声をのんだが

ついに一斉にふきだし笑い声をあげてぶったおれた。

五十いくつの母は色白からず小じわもあり
身なりもじみで
娘たちに美しいとはどうしても思えないのだ。
それでさんざん笑って涙をふいた。
父はまじめ人間、うそ云わぬ人。
三十年も前の母の姿を
いまもそのまま抱いているのを
ひどく笑って娘たちの春の夜はすぎた。

母はその時、だまってただほほえんでいたっけ。

このあと母の若かった時の写真が
ふとみつかった。
髪を桃割れに結い鹿の子絞りの帯揚げをしめていて
母なき娘のどこかさびしげなその姿。
夢二の絵のようで
おお父の胸にはこのような姿が何十年も生きていたのか。
今となっては　かなしい　なつかしいその春の夜の思い出。

若かった頃の妻の面影を、ずっと持ち続けている嘘言わぬ父。幸福で平凡な家族の風景が、なぜわたしを泣かせるのだろう。その場では吹き出し、大笑いした娘たち。でも「詩」は遅れてやってくる。最終連に髪を桃割れに結った母の写真が出てくる。読みながら、わたしはその写真をはっきり見たような気がした。「母なき娘のどこかさびしげなその姿」とあるので、母の母はその時点で亡くなっていたのだろう。写真の母を見る娘は、自分の母でなく、自分と同じような一人の娘を見ている。まるで「母親」のように。永瀬清子は、生活の桎梏にもがきながらも、最後まで詩を書き、自由闊達に生きた。

永瀬清子（ながせ・きよこ）　一九〇六〜九五
岡山県熊山町出身。佐藤惣之助の「詩之家」同人となる。一九三〇年、第一詩集『グレンデルの母親』を発表。郷里・岡山で農業に従事しながら詩作に取り組んだ。五二年、詩誌「黄薔薇」を創刊し、女性詩人を育成した。『あけがたにくる人よ』（八七）で地球賞、現代詩女流賞を受賞。
【初出】『春になればうぐいすと同じに』（一九九五、思潮社）

還暦

財部鳥子

いよいよ死ぬときがきた
トウモロコシの皮を剝きながら
少女の頃からの友だちがいう
庭に出てビールをね
男たちが右往左往してくれた時代を記念して
飲もうよ（今も彼女には男がいる）

胸をねじる悲哀だって
しだいに
黄金のおもみに変わる年代だという
それに死が間近なので
生まれる快楽もあるらしい

セキレイが巣を構えた泰山木のしたで
今年の雲をながめて
やがて死にゆくヒトの
ささやかな再生を記念しよう

ビールを飲んでから
庭の隅で落ち葉と紙屑を燃やした
冬中の薪を積みかえ
床をみがいた
今日の海のように単調に揺れかえして
これからも生きるつもりだ
花の種は土中ふかくしまって
遺したいもののもなく

共に還暦を迎え、女友だちとビールを飲む。やがて来たる死と新たな再生を祈念して。華と哀しみに彩られた作品だ。少女の頃からの友だち、とあるが、財部は満州・チャムス市で少女時代を過ごしている。敗戦直後に日本に帰国。想像を絶する苦労があったことと思う。さりげない表情をしたこの一編にも、そうした見えない時の重みが、ずっしりとかかっている。言葉が切り詰められている詩においては、言葉より言外に広がる空間のほうが大きい。財部の詩を読むとき、そのことをとりわけ強く意識する。この詩が収められた詩集『烏有の人』には、名づけようもない人間の哀しみが、自然のなかへ静かにとけていく瞬間が書き留められている。胸のなかを、怒りのような激しい情動が駆け抜けていかないわけはない。けれどそれを制御する知性があって、詩の表面はさらっと乾いている。だからなおさら感じるのだ。声にならない深い慟哭を。


財部鳥子（たからべ・とりこ）　一九三三〜

新潟で生まれ、満州で育つ。中国での暮らしを題材にした『中庭幻灯片』（一九九二）で現代詩花椿賞受賞。『烏有の人』（九八）で萩原朔太郎賞受賞。二〇〇七年より、個人誌「鶺鴒通信」を発行。中国現代詩の翻訳でも知られる。

【初出】『烏有の人』（一九九八、思潮社）

もう一息

武者小路実篤

もう一息
もう一息と言ふ処でくたばつては
何事もものにならない
もう一息
それにうちかつてもう一息

それにも打ち克って
もう一息

もう一息
もうだめだ
それをもう一息
勝利は大変だ
だがもう一息

畳み掛けるような「もう一息」が、ぎしぎし、車輪のように回りながら、自分を前へと進ませる。「勝利」という言葉には敏感になるが、詩の初出は、終戦の年の一〇月に刊行された『詩と劇』。敗戦時の複雑な心理をここに読むことも可能かもしれない。しかし実篤はもう一編、同じ題名の詩を書いている。「もう一息」は、彼の人生において、何よりも自分を励ます思想の「種」のような言葉だったのではないか。人間の営為に、本来、完成などなく、終わりと思ったその先がある。本当の勝利とは結果でなく、自分を乗り越え歩み続けていくその過程を言うのだろう。絶対的な自己肯定が根本にあるからこそ、車輪は回っていく。「僕から見ると／自分は可愛いゝ。」実篤はこんなめでたい二行詩も書いた。

武者小路実篤（むしゃのこうじ・さねあつ）一八八五〜一九七六
東京出身。東京帝国大学哲学科中退。志賀直哉や有島武郎らと雑誌「白樺」を創刊、白樺派と称される。多くの小説、詩、戯曲などを生み、階級闘争のない世界を目指して、宮崎県に「新しき村」を建設した（のちに埼玉県に移設）。代表作『お目出たき人』『友情』など。一九五一年に文化勲章を受章。
【初出】『詩と劇』（一九四五、筑摩書房）

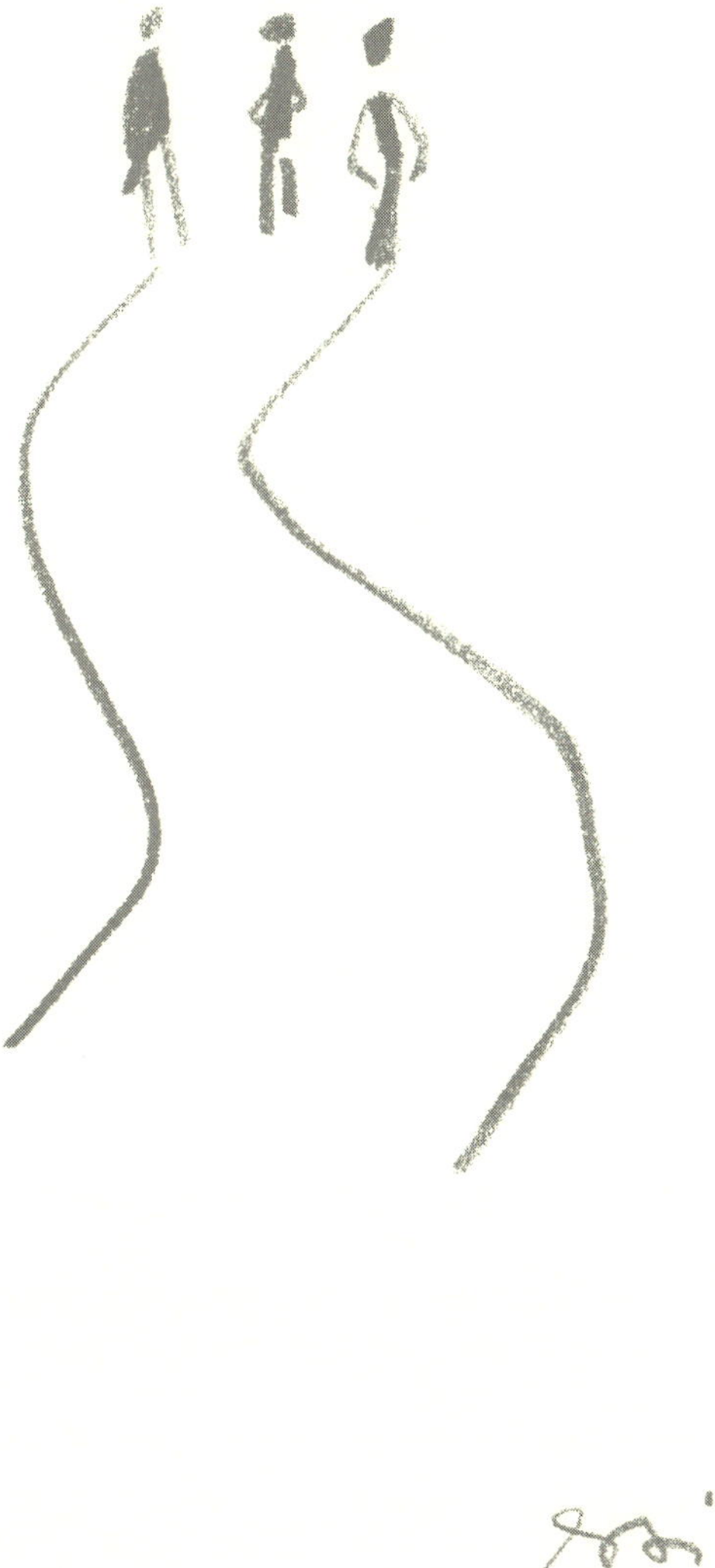

喜び

高見順

うんこが出た
はじめ固く
あとやわらかく快く

おマルにまたがり
僕は幸福だ
僕は起きて　うんこができるのだ

ただただ　うんこをすることに専念する
小説の筋を考えながら　うんこをしない
新聞を読みながら　うんこをしない

高見順の多くの詩は、壮絶な病いとの闘いのなかから生まれてきた。この詩もそう。うんこをするというそんな当たり前のことが、うれしくてならない。だから専念する。肉体の為すこの仕事は、それくらい価値あることなのですよと言っている。それで思い出すのは、癌で食道を失った高見順が「魂」に悪態をつく詩。「魂よ／この際だからほんとのことを言うが／おまえより食道のほうが／私にとってはずっと貴重だったのだ／……／今だったらどっちかを選べと言われたら／おまえ　魂を売り渡していたろう」。しかしそう言いながらも、この「悪態」が、一編の詩として結晶するために、魂は黙って手を貸している。作家の最後に、キラリと光る詩があってよかった。そのこともわたしは祝福したい。

高見順（たかみ・じゅん）　一九〇七〜六五

福井県に県知事の私生児として生れる。東京帝国大学英文学科卒業後、会社勤務のかたわらプロレタリア文学に携わる。治安維持法違反容疑で逮捕後、「転向」を表明し、『如何なる星の下に』や『いやな感じ』など多くの小説や詩を発表。晩年は食道がんとの壮絶な闘病がつづき、その思いを『わが埋葬』『死の淵より』などの詩集で綴った。日本近代文学館の創設に尽力した。

【初出】『重量喪失』（一九六七、求龍堂）＊没後刊行

おれ自身の歌（抄）

ホイットマン

おれはおれを祝福し、おれのことを歌う。
そしておれがこうだと思うことを、おまえにもそう思わせてやる。
おれの優れた原子ひとつひとつが、おまえにもそなわっているからだ。

おれはゆったりくつろぎながらわが魂を招喚する、
おれはゆったり寄りかかりながら剣の先のような夏草を眺める。

おれの舌が、おれの血の原子ひとつひとつが、この土から、この空気から作られ、
ここで生まれた、そしておれを産んだ両親もここで生まれ、そのまた両親もここで生まれ、そのまた両親もここで生まれた、
おれは今三十七歳、すこぶる健康のうちに書きはじめ、
死ぬまでやめないつもりだ。

もろもろの信条だの学派だののはうっちゃっておこう、

しばらくは身を引いてそのまま良しとし、もちろん忘れはしない、
とにかくどこかに身を寄せ、一《いち》か八《ばち》か喋らせるんだ、
野放図で原初のエネルギーに満ちたあの「自然」というやつに。

（飯野友幸・訳）

一九世紀のアメリカ詩を代表する詩人といえば、ホイットマンとディキンソン。内省的なディキンソンに比べると、ホイットマンは、やたら外交的な自然人。そう思い込んでいたわたしは、長くホイットマンを遠ざけてきた。しかし最近、読み直してみて、ああ、いいなあと思うのである。人間の愛らしさをこれほど豊かに表明した詩人はいない。人生は、一人の人間が自己を開示していく、その過程を言うのではないか。そのスピードには個体ごとの遅速があって、誰ひとりとして同じではない。人間には生まれ直す機会が実は幾度も用意されている。そのたびにわたしもお祝いしよう。あなたを祝うように、わたし自身を。

ウォルト・ホイットマン Walt Whitman 一八一九〜九二

アメリカの詩人。少年の頃から、取材・印刷・配達を一人でまかなう新聞を発行し、一八五五年に詩集『草の葉』を自費出版。生涯にわたって改訂・追加を行ない、その作業は死の床に至っても続いた。愛国精神に満ちた民主主義礼賛の作風で、アメリカ近代詩の父と称されている。

【原詩初出】『草の葉』(一八五五、アメリカ、自費出版)

【邦訳出典】『おれにはアメリカの歌声が聴こえる——草の葉(抄)』ホイットマン/飯野友幸訳(二〇〇七、光文社古典新訳文庫)より

天気

西脇順三郎

（覆《くつがえ》された宝石）のような朝
何人《なんぴと》か戸口にて誰《たれ》かとささやく
それは神の生誕の日

たった三行だが、言葉を取り囲む空気は、明るい異国のもの。実際、イメージの源には、西欧の詩や絵から得た着想もあるようだ。しかしここに、あえて、ニッポンの、我が軒下を重ねあわせて読むのも自由。彼の詩学にかかると、地上の茄子もガンモドキも、とたんに諧謔味を帯び、永遠に属する驚きの作物となる。西脇にとって、詩作とは、想像力と機智の力で、事物の新しい関係を発見することにあった。わたしたちの脳のなかは、日々、意味のある事柄で満ち、からっぽになる暇もない。習慣化によって重くなる現実。アア、つまらない。そんなときは西脇の詩を読むといい。脳髄のほこりが一掃される。

西脇順三郎（にしわき・じゅんざぶろう）一八九四〜一九八二
新潟県・小千谷出身。慶應義塾大学理財科卒業後、「ジャパンタイムズ」勤務などを経て、英国オックスフォード大学へ留学。帰国後、慶應義塾大学教授として英文学の研究、翻訳のかたわらシュールレアリズムの詩を多く発表。詩集『第三の神話』（一九五六）で読売文学賞を受賞。文化功労者。ノーベル文学賞候補。
【初出】『Ambarvalia』（一九三三、椎の木社）所収「ギリシャ的抒情詩」より

元旦

新川和江

どこかで
あたらしい山がむっくり
起きあがったような……

どこかで
あたらしい川がひとすじ

流れ出したような……

どこかで
あたらしい窓がひらかれ
千羽の鳩《はと》が放されたような……

どこかで
あたらしい愛がわたしに向かって
歩きはじめたような……

どこかで
あたらしい歌がうたわれようとして
世界のくちびるから「あ」と洩《も》れかかったような……

その良し悪しはともかくとして、日本人はお正月というすばらしいリセット装置をもっている。本当は大晦日の翌日にすぎないのに、元旦は、過去を振りきって、いきなり始まる。真っ白い顔で。始まるのは、元旦ばかりでない。この日を起点として、まだ予感にすぎない、あらゆる物事の始まりが始まる。そう思うことで、長い人生を、また幾度でも、やり直すことができる。始まりというものが結集する日。それが元旦。だからこの日には、静かで莫大なエネルギーが感じられる。悪党にも善人にも等しく来る日。


新川和江（しんかわ・かずえ）一九二九〜

茨城県結城市出身。西条八十に詩の指導を受け、一九五三年、第一詩集『睡り椅子』を刊行。吉原幸子と共に女性のための詩誌「現代詩ラ・メール」を編集（一九八三〜九三）、ラ・メール賞を主催するなどして、多くの女性詩人を輩出した。産経新聞「朝の詩」の選者を長くつとめ、一九一一年生まれの柴田トヨの生き方とその詩を賞賛、人気のきっかけを作った。

【初出】『ひとりで街をゆくときも』（一九六九、新書館）

湖上

中原中也

ポッカリ月が出ましたら、
舟を浮べて出掛けませう。
波はヒタヒタ打つでせう、
風も少しはあるでせう。

沖に出たらば暗いでせう、

櫂《かい》から滴垂《したゝ》る水の音は
昵懇《ちか》しいものに聞こえませう、
——あなたの言葉の杜切《とぎ》れ間を。

月は聴き耳立てるでせう、
すこしは降りても来るでせう、
われら接唇《くちづけ》する時に
月は頭上にあるでせう。

あなたはなほも、語るでせう、

よしないことや拗言《すねごと》や、
洩らさず私は聴くでせう、
――けれど漕ぐ手はやめないで。

ポッカリ月が出ましたら、
舟を浮べて出掛けませう、
波はヒタヒタ打つでせう、
風も少しはあるでせう。

冒頭から、もし、月が出たなら出かけましょうというふうに、仮定と意思・推量が繰り返される。つまりこの詩は、現在でもなく過去でもなく、果たされないかもしれない幻の、未来の時間を歌っている。その彼方から「今」へ向かって、絶え間なく繰り出されてくる寂しさがある。そこには永遠に似た運動があるが、その動きを作りだしているのは、湖面に浮かぶ舟の揺れ。「けれど漕ぐ手はやめないで」――この哀切な懇願は、「思いを途切らせることなく歌いつづけて」――そう言っているようにわたしには聞こえる。願いは常に不可能と表裏をなす。櫂の動きはいつかは止まるだろう。しかし詩のなかでは、恋人たちを乗せた舟が永遠に揺れている。

中原中也（なかはら・ちゅうや）一九〇七〜三七
山口県で軍医の息子として生まれ、幼少時から短歌や詩に興味を示していた。長じて詩人として活躍するが、子供を失って精神的に不安定となった上、結核性脳膜炎を患い、三〇歳の若さで世を去った。生涯に三五〇編余の詩を生み、代表作に『山羊の歌』『在りし日の歌』、訳書『ランボオ詩集』など。
【初出】『在りし日の歌』（一九三八、創元社）

秋

リルケ

木々の葉が落ちる、遠くから落ちてくるように、
空のかなたで庭の木立ちが枯れているのか、
木々の葉は、拒む身ぶりで落ちてくる。

そして夜には、重い大地も落ちてゆく、
ほかの星たちから離れて、孤独のなかへ。

わたしたち、みんな落ちる。この手*も落ちる。
ほかの人たちを見てごらん。落下はすべての人にある。

けれども、この落下を限りなくやさしく
両の手で支えてくれる存在がある。

*朗読者は片方の手をかざす。

（神品芳夫・訳）

目の前に、木の葉が落ちてくることがある。ふと眼がとまり意識がとまる。思いが一瞬、葉の上に乗り、そしてこの自分が落ちていくような錯覚にとらわれる。そんな感じ方を、わたしはどこか禅的で東洋的なものだと思っていた。宗教的なバックボーンはまるで違う。なのにこの詩にすっと感応できる。詩は不思議だ。深いところで開かれている。落下を受け止める明るい手。誰の手なのか、書かれていない。しかしこれについても、そういう存在を感じることがある。『形象詩集』に収められたリルケ二〇代の作品。「落下」とは引力のことであり、もっと抽象的に、人間の運命ということもできる。詩人はそういう見えないものを、土を捏ねるように言葉で造形した。

ライナー・マリア・リルケ Rainer Maria Rilke 一八七五〜一九二六
オーストリアの詩人、作家。オーストリア・ハンガリー帝国領ボヘミアの首都プラハの生まれ。ヨーロッパ各地を放浪し、パリではロダンの秘書をつとめた。ドイツ・オーストリア圏を代表する詩人。詩集『形象詩集』『時禱集』や、小説『マルテの手記』などが知られている。
【原詩初出】『形象詩集』(一九〇二〜〇六)
【邦訳出典】『リルケ詩集』リルケ/神品芳夫編訳(二〇〇九、土曜美術社出版販売)

たまゆらびと

室生犀星

ちよつとのあひだに
どうかしたはずみに見える美しさ
このひとがこんなものを持ちあはせ
それを見せてくれた瞬間は

何かのはずみとしかおもへない
それは何処《どこ》にしまはれてゐたものだか
いまはあたり前の顔つきをしてゐる
柔らかでつぶれさうである

詩というより、メモ書きという風情の作品だが、そのメモも、消えてしまいそうなものを、あわてて書き留めたというふうの走り書き。何かのはずみにふとこぼれでた、女の人の美しさ。一体全体、どんなものだったのか、なんら具体的には書かれていない。言葉にはなりえぬもの。わたしたちが「詩」を信じるとは、このようなもののありかを信じるということだろう。もっとも犀星は、優しさとか恥じらいとか、そんな抽象的な美ばかりを称賛したわけではない。あくまでも目に見える肉体の美しさを通して、醸しだされた「何か」に驚いている。「見せてくれた」と書いているが、犀星の肉眼が見逃さなかったのである。詩人であり凄みのあるリアリスト。特異な作家である。ちなみに、たまゆらは「玉響」と書く。ほんのすこしの間、一瞬のこと。

室生犀星（むろう・さいせい）一八八九〜一九六二
金沢の元足軽組頭の父と女中との間に生まれ、私生児として寺に預けられて育った。高等小学校を退学後、裁判所で給仕を務めながら俳句を投稿。やがて詩、小説を手がけるようになり、大作家となった。代表作『性に眼覚める頃』『杏っ子』『抒情小曲集』など。
【初出】「女《おみな》ごのための最後の詩集」より（『続女ひと』所収、一九五六、新潮社）

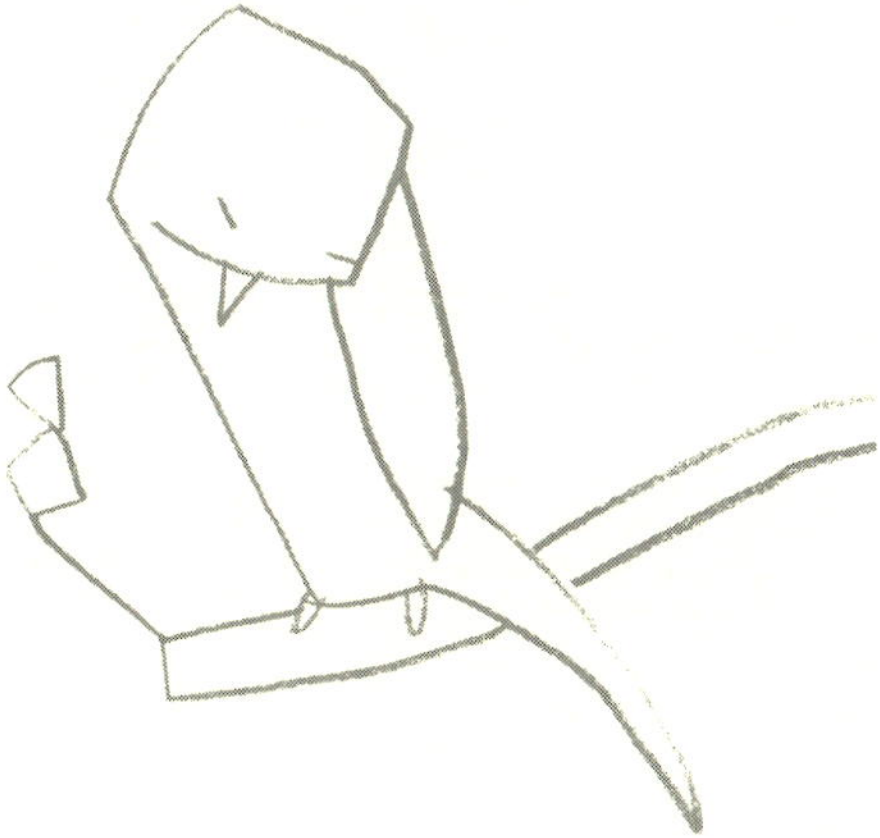

なんてすてきなこと

ルーシー・タパホンソ

なんてすてきなこと
こんなふうに——七月の早朝二時十六分
外には満月
猫たちが街灯に照らされた
明るいプールの傍をどうどうと歩く
犬たちは金網のフェンスの向こう側でリラックスしている
耳が時おりぴくぴくと動いている

わたしの娘たちは寝ている
ひとりは子守りのくまさんに見守られている
もうひとりは夢の中のステレオから流れるささやき声
を聴いている
彼女たちは静かに眠っている
コオロギや子猫たちは家の暗い隅でじゃれあっている

なんてすてきなこと
眠ることは人に課されたことだと
こんなにも書けるなんて

こんな夜についてたくさん書けるなんて
たとえば　月　影　夜の音
重低音の音楽　生きている
詩　それから
彼はわたしを愛している
ほんとうにこんなふうに

（青山みゆき・訳）

七月の早朝、とはいえ、午前二時十六分とあるから、真夜中と言ってもいい。満月の下。コオロギの声。「わたし」はこの夜を作っているものを、一つ一つ、大切に書いていく。するとそれが、片端から詩になっていく。時間のなかを緩やかに流れていく、目には見えないもの。それが今、一編の詩の成立に関わっている。なんてすてきなこと。生きていること。すべては調和を果たしている。わたしは、この詩の続きを書いてみたくなる。

ルーシー・タパホンソ Luci Tapahonso 一九五三〜

アメリカ、ニュー・メキシコ州シップロックの生まれ。ネイティヴ・アメリカンの詩人(ナヴァホ族)。一九八一年、詩集『シップロックでもう一晩』を出版。詩集『季節の女』(八二)、『風がそよそよと吹いた』(八七)、『蒼い馬たちが突進してくる』(九七)などの他、絵本『シップロック・フェアーの歌』も執筆。

【邦訳出典】『ネイティヴ・アメリカン詩集』青山みゆき編訳(二〇〇九、土曜美術社出版販売)より　※作者略歴も同書から抜粋。

言葉——あとがきにかえて

小池昌代

目をふせて
見るものといえば地面ばかりだった冬
裸木の立つ緑道を行き来しては
駅前の小さな店で
限りなく薄いこの世のとんかつを食べた
ある夕方
見ず知らずの女に
すれちがいざま　声をかけられる

おめがとう
——そのひとは
　小柄で年老いていて
　ほつれのある粗末な黒いオーバーを着ていた
聞き間違いなんかじゃないオリゴ糖の仲間なんかじゃない
おめがとう
今日　わたしは
台所の排水口にかぶせるゴミ袋をめぐって
決して譲らない人　と激しい口喧嘩をした
今日　わたしは
まだ憎み足りない何人もの人のことを考え
許せない自分に　小さくため息をついた

仕事はあるかと思えばいきなりなくなり
春が来る
そのたびにわたしたちの感受性は複雑によじれ
おめがとう
風のなかの
花粉やＰＭ2.5や放射能に神経を尖らせながら
子供にはマスクを
わたしはむきだしの口で
今日も地面を見ながら歩く
――黒い小さなそのひとの
朝晩はきっとラジオ体操で鍛えていそうな

ひきしまった二本のふくらはぎ
おめがとう
もはや振り返っても
裸木の林は裸木ばかり
もう　どこにも人の姿はないが
時折　太陽の陽が　きら　と差し込んでは
冬を生き抜いた木々の
物言わぬ幹を　あたためている
それを事件と誰も呼ばない
気づかないくらいのかすかな変容が
わたしのなかで　始まっていた

【編著】小池昌代（こいけ・まさよ）
1959〜東京都江東区出身。津田塾大学国際関係学科卒業。第一詩集『水の町から歩きだして』刊行以後、詩と小説を書き続ける。
主な詩集に『永遠に来ないバス』（現代詩花椿賞）、『もっとも官能的な部屋』（高見順賞）、『地上を渡る声』、『コルカタ』（萩原朔太郎賞）など。その他、短篇集『タタド』（表題作で川端康成文学賞）、『自虐蒲団』、『弦と響』など。

イラスト／サイトウ マサミツ　デザイン／郷坪浩子

※福中都生子氏著作権継承者の連絡先を御存知の方は編集部までお知らせ下さい。

おめでとう
発行 2013年3月30日

編 著／小池昌代（こいけ・まさよ）
発行者／佐藤隆信
発行所／株式会社 新潮社
〒162-8711 東京都新宿区矢来町71
電話 03-3266-5611（編集部） 03-3266-5111（読者係）
http://www.shinchosha.co.jp
印刷所／大日本印刷株式会社
製本所／大口製本印刷株式会社

ISBN978-4-10-450903-4 C0092